Renate Mayer-Zaky

Bayerisch gelacht

Renate Mayer-Zaky

Bayerisch gelacht

rosenheimer

Titelbild: Sebastian Schrank, München

Alle Zeichnungen im Innenteil stammen von Trude Richter. Sie wurden mit freundlicher Genehmigung der printul-Verlagsgesellschaft mbH, Geretsried, den Büchern »I hob di gern« und »Boarisch g'lacht« derselben Autorin entnommen.

Satz und Lithographie: Buch-Werkstatt GmbH,
Bad Aibling
Druck und Bindung: Haßfurter Tagblatt, Haßfurt
Printed in Germany

ISBN 3-475-52929-7

Inhalt

Die Liab is wiara Guatl

Wie's zugeht vor und nach der Hochzeit

Die Liab is wiara Guatl

Die Liab
is wiara Guatl.
Hast schelchte Zähn',
na kriagst an Wehdam,
do ko des Guatl
no so guat schmeckn.

Liebeserklärung

Sie: Mogst du mi aa?
Er: Ja, di mog i aa.

Der erste Kuss

Er: »Du, bin i der erste Mo,
der wo di nach am Bussl fragt?«
Sie: »Ja, Hanse, du bist der erste.«
Er: »Hoaßt des, Mausi, du hast di
für mi aufghobn?«
Sie: »Naa. Die andern ham net gfragt.«

Treue

Er: »Mausi, i bin ma sicher, in dera ganzn Stadt gibt's bloß oa oanzige verheiratete Frau, die wo ihrem Mo treu is.«
Sie: »So, und wia hoaßt die?«

Übers Mögn

I mog deine Augn net!
… Schaugst mi immazu so o,
als wenn i ebbs verbrochn hätt.
I mog deine Füaß net!
… Machst meterlange Schritt'
und i muaß wiara Dackl
hinter dir nachelaffn.
I mog dei Gemassl net!
… Du hast doch selm Fehler
und grad gnua hast.
I mog dei blöds Lachn net!
… Machst di ja doch bloß
über mi lustig.
I mog dein' ganzn Aufzug net!
… Wiast so daherkimmst,
wiara Stecher.
… Du … Klausi … aber sunst –
sunst mog i di.

Die Ehe

Um siebene aufsteh,
an Kaffä kocha,
an Mo weckn
– schimpfn.
Krawattn bindn,
die Wohnung putzn,
as Essn kochn
– schimpfn.
An Mo suacha,
net schlaffa kenna,
ins Wirtshaus renna
– schimpfn.
Ois fürschmeißn,
rechte Sprüch reißn,
ins Bett legn und
– schimpfn.
So is die liabe Ehe oft.
Der Bessere hält's aus, mei –
und den andern
von die zwoa,
den tragn s' zum Friedhof naus.

Das Geständnis

Sie: Du, Hias, es is ja ois net wahr.
I bin koa Pilotin.
I bin erst ganze fünfzehn Jahr'
und arwat in der Bingo Bar
auf d'Nacht, wenn i hoit dro bin.

Er: Die Ehrlichkeit, die find i guat,
i find, da lebt ma gsünda.
Schaug – i bin ja aa koa Regisseur,
net ledig und koa Millionär
und hob scho sieben Kinda.

Am Teich

Mir zwoa san zum Teich ganga.
Durchn Wald durch
und dann zum Teich.
Die Frösch' ham quakt,
die Sonna hat uns eigwickelt
und ganz romantisch war's.
Du hast mi ganz liab
ogschaut
und i hob mir denkt:
Glei werd as Schilf
zum brenna ofanga
vor unserer Liab!
Dann hast di aufgricht –
Jetzt, hob i mir denkt,
jetzta kimmt's …
»So«, hast gsagt,
»und jetzt huifst ma
a paar Wasserflöh' fanga
für meine Fisch.«

Bettgeflüster

Weibi – sagt er.
Wos is? – fragt sie.
Ach nix – sagt er.
Warum? – fragt sie.
Egal – sagt er.
Du hast – moant sie.
Wos moanst? – fragt er.
Ach nix – sagt sie.
Was willst? – fragt er.
Scho guat – sagt sie.
Ja aber – moant er.
Sei staad! – knurrt sie.
Guate Nacht – brummt er.
Guate Nacht – murrt sie.

Beziehungskiste

Du –
Ja –
Kennst mi no?
Naa –
Vo der Disco, woaßt scho.
Soso.
Und dann hast mit mir bussiert.
Soso.
Und dann hast mi hoambracht.
Soso.
Und dann hast mit mir gschlaffa.
Ah ja, dann kenn i di scho.

Angabe

I kenn di guat.
Bal i jetzat vom
vierten Stock abihupfat,
dann taatst sagn:
»Geh, die hat doch bloß
ogebn wolln!«

Alle Fehler

Du kunntast hundert Jahr' alt sei
und du waarst ma net z' alt.

Ganz schiach kunntast sei
und waarst der, wo ma gfallt.

Vui dümmer derfast sei
wia die anderen Manna,

ganz plattat und bucklat,
i möchat's net spanna.

So kloa wiara Zwergerl
waarst der Größte für mi

und saufn derfast aa,
was kümmert des mi.

Alle Fehler derfst ham,
sogar ansteckends Fiaber,

du, aber wenn halt ois stimmt,
woaßt, na bist ma scho liaber.

As Lebn is wia Sekt

Seit i di kenn, Emil,
san die Vögerl gscheckat,
die Leit nickn mir zua,
da Chef lobt mi
und mir feit nix mehr.

Im Winter frier i net,
an Regn spür i net,
die Sonna hot a Gsicht
und lacht.

Der Mond schmunzelt
und die Sterndl grinsn.
Mit dir gfallt's ma sogar
im Gwitter, bei Hochwasser
und bei am Großbrand.

An di loahn i mi o,
derweil –
derweil bist bloß so a
kloans Grischperl,
a Gschaftlhuaber,
genau gsehgn:
a Giftzwerg.

Vor der Hochzeit

»Mei, Toni«, sagt d' Hildegard, »wenn ma erst verheirat' san, dann werdn ma drei süaße kloane Kinderln habn, oa Madl und zwoa Buam.«
»Wieso woaßt'n des jetzat scho?«, wundert sich der Toni.
Da lacht die Hildegard so sanft wiara Engerl: »Die san scho do. Mir brauchas' ja bloß vo meiner Mama abholn.«

Beim Tanzn

»Wenn i mit dir nach der Musik von die Pfeifn auf der Bühne durchn Saal tanz, na muaßt endlich amol toa, was is wui«, grinst der Peter.
»Des ko scho sei«, kichert d' Claudia, »aber dahoam, da tanzt du nach meiner Pfeifn.«

Liebeskummer

Die Zenzi, sie ziahgt
sich an Whisky nei,
vor Liebeskummer
die ganz Flaschn glei.

Sooft da Freind ausrast',
sauft sie wia wuid,
weil er sich net opasst,
und drum is er schuid.

Und wia die Wirtin
die Rechnung stellt,
schimpft die Zenz:
»Der Mo kost ma
ganz schee vui Geld.«

Die Geschäftsreise

Der Kornbichler Hanse ist auf einer längeren Geschäftsreise bei den Chinesen. Er fürchtet, dass seine Braut, die Müller Helga, nicht ewig auf ihn warten wird – und in der Tat erhält er ein Telegramm:
»I hab net länger wartn wolln und hob dein Vattern gheirat.
Helga, Deine Mama.«

Ein Rezept

»Sie, Herr Doktor, kunntn S' ma bittschee ebbs verschreibn?«
»Was fehlt Ihnen denn?«
»Fehln tuat ma nixn.«
»Ja, aber – wofür dann ein Rezept?«
»Schreibn S' ma's für irgendebbs. Egal, für wos, i steh nämli auf Apotheker.«
»Guat, na verschreib i Eahna die Pille.«

Der Stotterer

Zwei Freundinnen treffen sich.
»Mei«, sagt die eine, »dei Freind stottert ja.«
Da lacht die andere: »Des macht nix. Wenn ma erst verheirat' san, hat er eh nix mehr zum sagn.«

Der Bewerber

Tochter Agathe des Herrn Studienrat Beckmann lernt einen jungen Mann kennen. Seit Wochen kommt er nun schon jeden Abend zum Abendessen.
Die Mutter lässt ihr Personal springen, weil dieser Herr Sprenzel allem Anschein nach die Tochter des Hauses heiraten möchte.
Da meint die Frau Studienrat eines Abends zu dem Galan: »Gestehen Sie mir ruhig, junger Mann, was Sie auf dem Herzen haben.«
»Ja mei«, stammelt dieser, »i hätt halt so gern amal a Schweinshaxn mit Kraut und Knedl.«

Bergsteiger

Die Kreitmeier Annemie is mit ihrem Mo in die Berg' ganga. Ganz hoch nauf san s' gstiegn.

Und wia s' am Gipfl stengan, schlottern der Annemie die Knie. »Mir is ganz schiach«, sagt s'.

Drauf er: »Brauchst di net fürchtn, Annemie, weit und breit neamd zum segn und i bin ja bei dir.«

Do greint s': »Agrat vor dir fürcht i mi ja.«

Heiratskandidaten

»Susi, wenn du jetzt i waarst«, sagt die Helga, »taatst du den Hans-Peter heiratn?«
»Mei, Helga, wenn i du waar«, erwidert die Susi, »dann taat i an jedn heiratn.«

Alles verloren

Der Spenglermeister Roßmeisl machte einen Besuch bei Henno Steiß. Es ging um die heiratsfähige Tochter des Direktors.
»Ich muss Ihnen fairerweise sagen«, sprach der Herr Direktor gleich nach der Vorspeise, »dass meine Familie und ich aufgrund einer unglücklichen Spekulation alles verloren haben: das Haus, die Firma, sogar allen Schmuck, teuere Möbel, Teppiche – alles kommt unter den Hammer. Da hoffe ich nun freilich, dass Sie meine Tochter Edelgunde sehr glücklich machen, Herr Roßmeisl.«
»Oh«, sagte der Galan, »wissen S', Herr Direktor, wenn Sie scho ois verlorn ham, dann will i Eahna net aa no Eahnane Tochter wegnehmen. Wia's ausschaugt, is sie doch as Oanzig, was Eahna no bliebn is.« Roßmeisl legte seine Serviette zusammen, stand auf, machte eine kurze Verbeugung und verließ die verdutzte Gesellschaft.

Sie und er

Sie war olloa,
dann ham s' gheirat
und sie warn zwoa,
aber gstrittn
ham s' net schlecht
und a jeder
war im Recht.

»Dee murksn sich o«,
schreit vo nebndro a Mo,
»Polizei! Polizei!
Kemmts schnell und greifts ei!«

Da moant die Polizei:
»Wir kommen nur vorbei,
wenn das Blut schon fließt,
weil das Gesetz so ist.«

Und zruck roast der Mo,
doch die zwoa warn net do.
Die habn si wieder mögn
und san im Betterl glegn.

As beste Mittel

Is des a Gscher,
a Gscher mit dir,
was immer i tua,
du bist allweil bei mir.

Was tuast da dagegn,
mei, sag, hast ghört,
wos soll i bloß toa,
dass d' Liab wen'ger werd?

... Was soll i
bloß toa?
Des frag i mi.
I woaß's
scho. –
Woaßt wos?
I heirat di!

Da Vatretta

A Fremder kimmt zur Huaberin:
»Is Eahna Mo dahoam?«
»Na, leider net«, sagt d' Huaberin,
»der is beim Fritz in Loam.«

Da ziagt er d' Huaberin ins Bett,
grad schee is's, und – ja no –
wer steht da plötzlich in der Tür?
Der Huaberin ihr Mo!

Der moant: »Marie, des ghört si net,
hör auf«, so sagt der Ernst.
Drauf sie: »Sei staad, schaug liaber zu,
damitst no ebbas lernst.«

Emanzipation

So, Freinderl, jetz werdn
d' Zimmer putzt,
dann d' Wasch, as Gschirr,
aa as Kocha muaß sei,
geh weida, Oida,
schlaf net ei!

Fuatter die Viecher,
giaß an Gartn,
mach pünktlich as Essn,
i mog net wartn.

So siehgst, was echte
Arwat is,
stell di net so saublöd o!
Wia? Wos? Du kannst
des net? – Ja no –
i moan, des
lernst scho no.

Und dann sagst nimmer:
Macht doch ois die Maschin.
A oanziger Tog Hausarwat
und du brauchst a Medizin!

Frühlingslust

Wenn die Amseln
durch die Sträucher spechtn

und die Spechte
nach die Walder jagn

und die Jager
nach die Hirsche lurn

und die Lurer
durch die Blatteln spechtn

und die Spechte
nach die Fischerl hechtn

und die Hechte
nach die Amseln spechtn,

und wenn d' Sonna scheint,

dann lass i mi von dir scheidn
und heirat dein Freind.

Verschwiegen

»Du«, fragt der Alois sein' Freund, »is dei Inge bei dir dahoam aa so staad?«
»Ja«, sagt der Franz. »Sie redt nix und deit' nix. Und – glaub ma's – i bin mit ihra jetz vier Jahr verheirat' und woaß immer no net, wer denn der Vatter vo unserer Tochter is.«

Der Hausschlüssel

A Paarl sitzt auf ara Anlagenbank und schmust wia wuid umanand.
Kimmt a Mo daher und wedelt mit die Händ', macht ihra Zeichn, so dass der Galan nervös werd. »Was wolln S' denn von ihra?«, schreit er eahm zua.
»Oh, entschuldigen Sie, bitte«, sagt der Störenfried. »Es ist meine Gattin und sie hat den Hausschlüssel.«

Der Flug

Wie der Sepp nach Hause kommt, überrascht ihn seine Frau Jolande mit einer ungeheuren Neuigkeit: »Stell da vor, Sepp, i hab im Lotto gwonna.«
Der Sepp macht einen Juchzer, umarmt sein Weib und fragt: »Des haut, Weibi, wohi fliagn mia zwoa denn?«
»Was hoaßt ›mir zwoa‹ – du alloanigs fliagst, und zwar aus dera Wohnung 'naus.«

Reise nach Paris

»Soso«, sagt der Gustl zu seinem Freund, »du fahrst nach Paris. Nimmst deine Annelore aa mit?«
»A saublöde Frag«, winkt der ab. »Des waar ja, ois wenn i zum Oktoberfest fahrat und mei Bier mitbringat.«

Der Seitensprung

Als die Frau des Germanistikprofessors Ludwig Hagedorf nach Hause kam, lag dieser mit einer Studentin im Bett.
Die Gemahlin holte tief Luft und stammelte: »Ich bin doch sehr überrascht, Ludwig.«
Drauf der Professor: »Drücke dich gefälligst korrekt aus. Du bist nicht überrascht, sondern erstaunt. Überrascht bin ich!«

Ausreden

»Wenn i furtgeh mog«, sagt der Peter zum Hias, »nacha brauch i immer zwoa Ausredn.«
»Und die waarn?«
»Z'erscht muaß i a Ausred erfindn, dass i überhaupts aus'm Haus kimm, und zwoatens brauch i a Ausred, dass sie net mitkimmt.«

Apropos Geld

Sie: »Du hast mi doch bloß gheirat', weil i a bissl Geld ghabt hob, wettst?«

Er: »Naa, naa, i hätt di aa gnomma, wennst ganz vui Geld ghabt hättst.«

Vaterschaft

Der Konrad sagt zu seiner Frau:
»Der Flori, sog i dir,
sei dunkle Haut, des ander Gschau,
der Bua is net vo mir.«

Sechs Kinder habn die Kramersleit
und d' Mama lacht a so:
»Der Flori, moanst, is net vo dir?
Akrat der Flori scho!«

Ein Herz und eine Seele

Er is zornig,
sie is zahm.
Er is gschwind
und sie is lahm.
Sie is eifältig,
er gscheit,
er is staad
und sie mog d' Leit.
Sie schlaft nachts
und er am Tag,
er ist dick,
sie schaugt auf d' Waag.
Stimma tuat bei deene bloß …
Na? – Alle zwoa
mögn d' Schwammerlsoß.

As Handerl

Solang i no moan,
dass dei Bratzn a Handerl is,
so lang samma
no ganz guat verheirat',
Weibi.

Schlawiner sans' allemal

Über Mannsbilder und Weibsbilder

Mannsbilder

Ob Stadtfrack
oder Haderlump,
Schlawiner
sans' allemal.

Weibsbilder

»Hast du mein' Lippenstift
scho gsehgn?
Schaug her, i hob'n dro.«
»Jaja, i hob'n gestern gsehgn
am Backa von mei'm Mo.«

Der Zirkus

Der kloane Buwi möcht unbedingt in' Zirkus geh und bettelt sein' Vattern: »Bittschee, Papa, geh mit mir hi.«
»Naa«, sagt der Vatter, »i mog an Zirkus net.«
»Papa, i bitt di gar schee –«
Der Vatter: »Naa, da geigt si nix.«
»Du, Papa, da reit' a Weib ganz nackat auf am Elefantn.«
»So? – Guat«, sagt der Vatter, »geh' ma hi. I mog Elefantn.«

Missverständnis

Ganz aufgregt kimmt die Tante Edeltraud auf d' Nacht hoam.
»Stellts eich vor«, schnauft s', »i war ganz alloanigs auf der Straß, kimmt doch glatt a baumlangs Mannsbild daher. Mei, bin i groast!«
Der Seppi grinst: »Hast'n dawischt?«

Die Verlobung

Aufgeregt kam die Lilli vom Nachbarn auf ihre Freundin Petra zugerannt: »Mensch, Petra, i hab ghört, du willst di jetzta do net valobn.«
»Naa. An dem Typn war alls falsch, sag i dir.«
»Gibst eahm jetzt sein ganzn Schmuck wieder zruck?«
»Naa, der war ja echt.«

Im Büro

»I hob dir tausendmal gsagt, Weib, dass du net zu mir ins Büro kemma derfst.«
»I woaß scho, warum. Weil dortn die ander Frau Müller aufkreizt, dee wo in Wirklichkeit ›Huaber‹ hoaßt.«

Suppnfleisch

»Hast Suppnfleisch mitbracht?«, fragt die Theres ihren Mo, der wo extra zwegn am Suppnfleisch in d' Stadt gfahrn is.
»I war mindestens in zwanzig Metzgereien, aber – leider – sie habn nirgends koa Suppnfleisch net ghabt.«
»Des glaub i dir aufs Wort«, bemerkte die Theres frostig. »Du hast nämli dahoam dein Geldbeutl vagessn.«

Im Zoo

Roland und Helga sind im Zoo.
Sie: »Helmut, wos taat der Leopard jetzat sagn, wenn er redn kannt?«
Er: »Frau Schmid, taat er sagn, i bin gar koa Leopard, i bin a Puma.«

Väter und Kinder

Seids staad, Kinder,
der Papa kimmt.

Halts as Mäu
und setzts eich
staad in a Eckn.

Oder gehts derweil
ins Bett.

Wenn er zum Wirt geht,
dann derfts
wieder kemma.

Am Pool

Der Flaucher Fredl liegt verträumt
an einem Swimmingpool.
Da kommt ein saubers Weib vorbei,
recht aufgetakelt, cool.

»He«, ruaft der Fredl, »schöne Frau,
moanst, dass mit uns ebbs geht?«
Drauf sie: »Im Urlaub arwatn?
Dazu bringst du mi net.«

Urlaub

Im Wohnzimmer sitzn,
die Fischerl schwimma sehgn,
an Kanari pfeifa hörn,
die Füaß am Tisch,
die Sonne im Fenster
– und der Mo in der Arwat.

Kann's denn ebbs
Schöneres gebn?

Wählerisch

A Hausfrau geht in' Supermarkt, weils' a Ganserl kaffa möcht. Sie hebt oa Gans in d' Höh, schauts' vo alle Seitn an, legts' wieder z'ruck ins Tiefkühlfach. Dann des Gleiche mit der nächsten Gans und der übernächsten. Die Hausfrau schüttelt jedes Mal an Kopf, legt die totn Viecher z'ruck und nimmt nix.
A Verkäuferin sieht des, rennt ihr hintnache und schimpft: »Sie, dass Eahna bei unsere Gäns', echte Freilandgäns', koa oanzige genehm is, des wundert mi scho. Wenn Eahna Mo genauso wählerisch gwen waar – i schwör's Eahna – dann waarn Sie no ledig. An unsere Gäns' is wenigstens ebbs dro.«

Beim Scheidungsanwalt

Der Schneider Simmerl geht zum Scheidungsanwalt und jammert: »Mei, Sie, es geht nimmer anders mehr, i muaß mi vo meiner Amalie scheidn lassn. Seit zehn Jahr' schmeißts' nach meiner mit Tassn, Teller und mit allem, was s' dawischn tuat.«
»Seit zehn Jahren? Aber warum kommen Sie dann erst jetzt?«
»Es is so«, greint der Simmerl, »neuerdings triffts'.«

Alloanigs im Urlaub

Zwei Freunde unterhalten sich. Sagt der eine: »Du, i war heier alloanigs im Urlaub.«
»Ohne deine Thea?«
»Genau.«
»Hast ihr wenigstens ebbs mitbracht?«
»Ja, a schlechts Gwissn.«

Kir royal

Frühers
hot mei Mo
ganze Tragl voll Bier austrunkn,
hat Hemdn vom Flohmarkt
auftragn,
auf d' Nacht nebn mir
gschnarcht wiara Dampfross
und war a guater Kerl.

Heit
siehgst eahm in Lacoste-Hemdn,
a Cartier-Brilln auf der Nasn,
a Omega-Uhr am Arm,
Brillanten am Finger,
Samsonite-Taschen in die Händ',
Boss-Anzüg',
so siehgst eahm Kir royal trinkn
mit seine vuin Tussis,
und nebn mir schnarcht
bloß no unser Fiffi,
weil er, der Mo, auf d' Nacht
Überstundn machn muaß.

Net weitersagn

D' Wimmerin sagt,
dass' von der Huaberin woaß,
dass d' Müllerin brüahwarm gsagt hot,
sie, die Wimmerin, waar a Ratschn.

Drauf sagt die Müllerin,
sie hätt gar nia zur Huaberin
und erst recht net über die Wimmerin
gsagt, dass' a Ratschn is.
Wenn oane ebbs gsagt hot,
dann höchstens d' Huaberin,
weil sie überall umanandaposaunt,
sie, die Wimmerin, und sie,
die Müllerin, sagatn über sie,
sie waar a Ratschn.

Bei ara Halbn Bier sans s' z'sammakemma:
die Wimmerin, d' Huaberin und d' Müllerin,
und – ma sollt's net glaubn –
koane hot irgendebbs
über irgendoans
und ganz gewieß nix Schlechts
vazählt.

Des sündteire Kleiderl

A furchtbar dicks Weiberl
kafft si a sündteiers Kleiderl
aber –
aa in dem sündteiern Kleiderl
siehgt hoit jeder glei
wia furchtbar dick des Weiberl is.

Sohn an Vater: Wo bleibt Geld?

Von Jungen und von Alten

Telegramme

Sohn an Vater:
»Wo bleibt Geld?«
Vater an Sohn:
»Bei mir.«

Da Buwi

Tua net trenzn, Buwi,
weil dir der Seppi
an Dinosaurier wegga-
gnomma hot.
Geh in dei Zimmer
und mach Fernsehspiele
oder schaug dir am
Video an Krimi o,
Krimis magst doch so gern.
Da waar oaner, wo der
Hausherr seim Untermieter
die Eingeweide rausschneidt,
super, sog i dir.
I muaß dringend zum
Frauenverein, do gibt's
Kaffee und Kuachn.

Die Oma

Da kloane Maxl kimmt sauer hoam und die Mama fragt eahm, warum er denn net no a bissl bei der Oma bliebn is.
Da schimpft der Maxl: »Naa, naa, zu dera geh i nimmer.«
»Aber warum denn net?« Die Mama konn des net begreifn.
»De hockt an ganzn Tog umanand und hat nix o.«
»Wos? Wuist du ebba sagn, dass die Oma vor dir nackat umanand sitzt?«
»Aber naa« – der Maxl winkt ab. »Sie hat nix o, koan Radio und koan Fernseher net.«

Kleines Ömar

Ömar: »Du, Mama, warum viele Frauen
in Deutschland so bös schauen?«
Mama: »Weil Mann weggelaufen.«
Ömar: »Warum Mann weggelaufen?«
Mama: »Weil viele Frauen in Deutschland
so bös schauen.«

Die Freud von die Eltern

Der Huaber Sepp schimpft immerzua
vor die verwandten Leit:
»Solang der auf der Welt, der Bua,
macht mir der nia a Freid.«

Do steßt der Bua sein' Vattern o
und grinst varreckt: »Ja no –
solang i leb, des ko scho sei,
gell – aber vorher scho.«

Erstklassler

»Du«, sagt der kloane Fritzi zu seim Spezi, »i hob mi in die Lehrerin verknallt.« – Da Emil langt si vaschreckt ans Herz: »Des is fei ganz schee gfährli.« – Da lacht der Fritzi: »I pass scho auf, wenn's so weit is.«

Grammatik

Die Lehrerin wendet sich an den kleinen Jochen: »Das Lernen macht mir Spaß, was für ein Fall ist das?«
Jochen: »Das ist ein Fall für den Psychiater.«

Vater Staat

»Was heißt: Vater Staat?«, wui die Lehrerin von die Bambsn wissn.
Da meldet sich die kloane Elfi: »Wenn d' Mama redt, is der Vatta staad.«

Die Katz

Die Lehrerin erklärt den Kindern, dass man Tiere prinzipiell nicht küssen dürfe. Auch nicht die possierlichen kleinen Haustiere, denn da könne man sterben.
Da meldet sich der kleine Martin: »Ja, Freilein, des stimmt. Mei Tante Afra hot allweil mit ihrer Katz, der Mimmi, umanander gschmust und nacha is die Mimmi gstorbn, obwoi dass s' erst vier Jahr' oid war.«

Strafen

Fragt der kloane Richard sei Lehrerin: »Freilein, konn mi oaner bestrafn, wenn i nix 'tan hob?«
Die Lehrerin: »Natürlich nicht, Richie. Das wäre ja noch schöner.«
Der Richard klatscht in die Hände: »Des is guat. I hab nämli mei Hausaufgab net gmacht.«

Presssack

Der Maxl werd
zum Metzger gschickt,
an Presssack
soll er kaffn.
»Und dassd' ma fei
glei wiederkimmst,
so schnell, wiasd' kannst,
muaßt laffn.«

»An Presssack?«,
fragt die Ladnerin,
»an schwarzn oder
an weißn?«
»Die Farb is gleich«,
so sagt der Bua,
»es is ja
für an Preißn.«

Berufswunsch

Die Lehrerin fragt ihre Schülerin Stefanie, was sie denn einmal für einen Beruf ergreifen wolle.

»Was willst du denn einmal werden, Stefanie?«, fragt sie.

»Wenn i amal schee werd«, antwortet die Kleine, »nacha werd i a Model oder a Fuimstar und dann heirat i an stoareichn Macker auf.«

»Und wenn du nicht schön wirst?«

»Ja mei –«, sagt die kleine Stefanie betrübt, »wenn i schiach werd, nacha werd i hoit amal a Lehrerin.«

Erinnerung

Die Zenzl hat der Ur-Ur-Oma ihr neugeborenes Kinderl zoagt.
»Oh«, lacht die Ur-Ur-Oma, »wenn i mi recht erinner, is des a Büberl.«

Das Komma

Der Opa sagt zur Oma: »Schad, dass der Bruno die Zilli net heirat', aber sei Mama schreibt ma: ›Er mog sie net.‹«
Die Oma liest und schimpft: »Seit der Schuizeit hast du di um die Kommas net kümmert«, erwidert sie. »Siehgst du des Komma net? Es muaß hoaßn: ›Er mog, – sie net.‹«

Bussiern

Es sitzt a Rentner-Ehepaar
im Stadtpark auf ara Bank.
Do segn s' zwoa Junge nebendro,
er groß, sie zart und schlank.

Die zwoa, sie bussln fürchterlich,
grad schmatzn tean s' – ja no –,
die Huaberin schaugt neidisch zua
und sagt zu ihrem Mo:

»Du traust di nimmer«, sagt s' zu eahm,
»im Park so busseln, Wast.«
»Ja, freili trau i mi«, lacht er,
»woaß bloß net, ob s' mi lasst.«

Der Seitensprung

Wie der Rentner Josef Hintermeier mit seiner Frau, der Cilly, im Englischen Garten so friedlich spazieren geht, überschatten plötzlich dunkle Wolken sein Gemüt und seine Gedanken wandern in die Vergangenheit zurück.

»Des werd i dir nia vergessn, Cilly«, sagt der Josef frostig, »dass du mi vor 42 Jahr' bschissn hast. Und no dazua mit mei'm bestn Freind, am Konrad. – Aber a zwoats Mal passiert ma des nimmer!«

»Na, gwieß net, Seppi«, verspricht die Cilly kleinlaut, »der Konrad, der is ja scho zehn Jahr' tot.«

Beim Schönheitschirurgn

A oids, schiachs Weiberl ist zum Schönheitschirurgn ganga. Da hams' ihra am Bauch as Fett abgsaugt, die Nasn begradigt, as Doppelkinn weggagschnittn, am Popo a Muttermal abzwickt, die Augenbrauen auszupft, die Lippn gspritzt und die Haar' gfarbt.
Des hot ihra ganzes Erspartes kost', und auf d' Höh 'nauf hats' a vui zu kloane Nasn ghabt, a halbate Glatzn, Lippn wiara Neger, koane Wimpern, an schiafn Orsch, und as Oanzig, des wo an Simmerl no ogmacht hätt, ihr Diridari, der war jetzat aa wegga.

Der Traum vom Opa

»Wissts wos«, erzählt der Opa am Stammtisch. »Gestern hob i tramt, dass sich mei Oide und die Claudia Schiffer zwegn meiner prügelt ham.«
»Den schaug o«, lacht der Wirt, »und wia is der Kampf ausganga?«
Der Opa traurig: »Die Oma is ma bliebn.«

As Lebn is wiara Fußball

Von freudigen Überraschungen und anderen Unannehmlichkeiten

As Lebn is wiara Fußball

As Lebn is wiara Fußball:
oamol laut umjubelt,
as andere Mal werd's weggsteßn,
oamol voller Aufwind,
as andere Mal bleibst liegn.
Und am End geht da d' Luft aus.

Die Party

»Mei, Sie, de Party is ganz schee langweilig.«

»Hm«, sagt die andere.

»Die Semmeln san zaach wia Leder.«

»Jaja.«

»Und dann die Krabben. Riacha S' hi, die stinkn regelrecht.«

»Hm.«

»Und die Leit, mei, des san die letztn Typn. Schaun aus wia Ganovn und die Weibsleit wia Schnalln.«

»Jaja.« Die andere nickt bloß.

»Sie, da taat i vorschlagn, dass ma woanders hi'gehn. Vielleicht zum Tanzn oder ins Kino. Gengan S' mit?«

»Das geht leider nicht«, sagt die blonde Dame bedauernd.

»Und warum net?«

»Ich bin die Gastgeberin.«

As Baby

Der Bus war völlig überfüllt und die Zenzl hat für ihr Baby keinen Platz nimmer gefunden. Da hat sie umeinander gschaut und hat in der Ecke ein Mannsbild gesehen, dem wo sie das Baby in die Hand gedrückt hat. »Entschuldigen S'«, hat sie gefragt, »könna Sie bis zum Autariplatz mei Baby haltn?« Der Mann hat sich gewundert, gell, und hat gefragt: »Wia kemma Sie denn akrat auf mi?« »Ach, wissen S'«, hat die Zenzl gesagt, »Sie san der Oanzig, der wo an Regenmantl anhat.«

Da Bleamestrauß

»Wo hast denn die schönen Bleame kafft?«, fragt der Daxlhuaber sein' Spezi.
»Glei dort drübn um d' Eckn.«
»Und – derf ma fragn – für wen?«
»Für meine Kollegin, die Fischer Inge.«
»Do werd sa sich aber freun.«
»Des glaub i net, i geh nämlich auf ihre Leich.«

Der Arbeitslose

Der Schirnbauer Simmerl war ohne Arbeit und jeden Tag haben sie ihn vom Arbeitsamt irgendwo hingeschickt, aber er hat sich vor jeder Arbeit gedrückt. Einmal war ihm die Arbeit zu schwer, dann zu weit weg, dann wieder zu staubig, und er hat halt immer eine gute Ausrede gefunden, so dass sie ihn gar nicht erst eingestellt haben.
Als er wieder einmal von so einer Firma zum Arbeitsamt zurückkommt, fragt ihn eine giftige Beamtin: »Na, hat's endlich geklappt?«
»Leider net«, sagt der Simmerl weinerlich. »Da is a Schild gstandn: ›Arbeitskräfte beiderlei Geschlechts gesucht‹, und i bin doch bloß männlich.«

Rippchen

»Herr Ober«, fragt a Preiß, »haben Sie kalte Rippchen?«
»Na«, sagt der Ober, »i trag Rheumaunterwasch.«

Der Überholer

So hatte den Oberlehrer noch niemand je zuvor gesehen. Er trank und trank, bis er nur noch in sich hineinsank, und immerzu stammelte er: »So a Pech, mei, so a Pech.«

»Was is'n los mit dir?«, fragte ein Kollege. »Is dei Agathe gstorm?«

»Nana, vui schlimmer«, greinte der Oberlehrer. »Mir hams' mein Führerschein weggnomma, weil i auf der Autobahn überholt hab.«

»Na und? Auf der Autobahn derf ma doch überholn.«

»Jaja, grundsätzlich scho, aber i hob an Geisterfahrer überholt.«

Die Operation

Der Chirurg operiert gerade den Jammerleber Franz. Als er den Bauch aufgeschnitten hat, ist es sechs Uhr.
»Feierabend«, sagt der Chirurg und lässt das Skalpell fallen.
»Aber Herr Dokta, Sie könna doch den Mo net mit offenem Bauch do liegn lassn.«
»Oh, das kann ich sehr wohl. Dieser Mann ist ein Maurer und baut schon seit vier Jahren an meinem Haus herum. Punkt sechs geht er jeden Tag nach Hause.«

Der Reitschüler

»Sie, i weiß nicht, ich glaube, der neue Reitschüler ist ein Kraftfahrzeugmechaniker.«
»Wiaso denn des?« Der Bauer wundert sich.
»Weil er immer unters Pferd kriecht, wenn der Gaul mal stehen bleibt.«

Der kloane Fehler vom Sepp

Zwei alte Spezln, der Wimmer Sepp und der Huber Fritz, treffen sich nach langer Zeit wieder einmal auf der Straße.

»Wia geht's dir denn, oide Haut?«, fragt der Fritz.

»Mei, du, i sag da's, i bin ganz a anderer wordn. A totaler Abstinenzler, vastehst.«

»Ganz a anderer?« Der Fritz wird neugierig. »Inwiefern?«

»Schaug, i hab total as Racha aufghört.« Der Sepp dreht stolz an seinem Schnauzer.

»As Racha aufghört? – Aber du hast doch von in der Früah bis auf d' Nacht dahindampft wiara Dieslmotor.«

»Grad a so is', aber – wia g'sagt – i hab's aufgebn. Übrigens – i trink aa nix mehr.«

»Hör i recht? Du trinkst nix mehr? Frühers hast du alloanigs ganze Tragl ausglaart.«

»Stimmt«, sagte der Sepp gewichtig. »Du – aber des is net ois.«

»Ja, was denn no?«, fragt der Fritz ganz verdattert.

»Ja mei – i schaug aa koane Madln mehr o.«

»Spinn i!« Der Fritz schlägt sich auf die Schenkel. »Des derf's doch net gebn! Da

gibt's doch koane im ganzn Gäu, die wo du net vernascht hast. Koane Madln mehr – Sepp – dann bist ja du a Heiliger!«
»Ganz aso is' aa wieder net«, grinst der Sepp. »Oan kloan Fehler hab i scho no.«
»Oan kloan Fehler? – Und der waar?« Der Fritz stellt seine Ohrwascheln auf.
Da lacht der Sepp, dass es nur so scheppert: »Mei Fehler ist der, Fritz, i lüag.«

Der Gastgeber

Ein Geizhals lud einen Kollegen ein. Stundenlang zeigte er dem Gast Urlaubsfotos, Videos und Briefmarkenalben, bis der Magen des Besuchers entsetzlich zu knurren begann.
»Wissen S' wos«, sagte der Gastgeber, »vorm Fenster sitzt a Taubn. Mir kunntn s' fanga, rupfn, bratn und dann gemeinsam essn, was moana S'?«
»Aber –«, meinte der Gast beklommen, »de Taubn ghört Eahna doch überhaupts net.«
»Stimmt«, sagte der andere, »aber sie sitzt auf mei'm Fensterbrettl.«

Die Witwe

Der Richter sagt zur Huaber Zenz:
»Sie, komisch is des scho,
der heirat' Sie und drei Tog drauf,
do stirbt der guate Mo.
Erst Schwammerlsoß – und glei drauf tout,
fünf Manna san's jetzt scho.«
»Nana, Herr Richter«, moant die Zenz,
»da Fritz, mei fünfter Mo,
der ist vom Fenster owegflogn
und maustot untn glegn,
weil er, der Fritzi, der hat ebn
die Schwammerlsoß net mögn.«

Die Fliagn

Herr Ober, in dem Butter do,
do sitzt a grouße Fliagn.

Des stimmt net, sagt der Ober drauf,
tean S' bittschee net so lüagn.

Ja freili stimmt des, sagt der Gast,
a Mordstrumm Fliagn, schaugn S' her.

Dass Sie so lüagn, moant drauf dersell,
is allerhand, mein Herr.
Des is koa Fliagn, a Weps is des,
stelln S' Eahna net so o,
und außerdem is des a Quark
und nia koa Butter, Mo.

Der gut gemeinte Ratschlag

Der Sigi rat am Huaber Fritz:
»Dei Ilse sollt zum Dokta geh.«
»Du moanst, mei Frau? Is des a Witz?«
Er ko den andern net vasteh
und schaugt an Nachbarn gspaßig o:
»Krank is die Mei ganz sicher net.«
Drauf moant zu eahm der guate Freind:
»Sie hat so koite Füaß' im Bett.«

Am Oktoberfest

Der Brandner Hias ist mit seiner Traudl zum Oktoberfest ganga. Grad zünftig war's. In jeds Wirtszelt sans' eikehrt, ham fleißig inhaliert und der Hias war total bsuffa.

Auf d' Höh 'nauf hams' no a bissl schiaßn mögn.

Pfeilgrad hat der Brandner trotz sei'm Surri ins Schwarze troffn und hat a Schildkrötn gwonna.

Dann hat er noch amal gschossn – und saxndi – noch amal der Haupttreffer.

Wia eahm der Schiaßbudnbesitzer wieder so a Schildkrötn higlangt, sagt der Hias: »Sie, schaugn S', dass die Semmel net wieder so hart is wia die ander.«

Über d' Hund

Sie san scho recht beliebt bei uns, die Hund'. Vui Leut habn an Hund. Ausgenommen arme Hund', freili, die habn koan Hund.
Für die Tierliab gaab's a ganz a guats Beispui: Wenn oana moant: Des is a »Hund«, dann is der ebbs Bsunderes, a unbandiger Mensch mit Gschick und Verstand, a »G'wappelter«, wia ma halt so sagt.
Bei am Hund denkt ma in Bayern an ebbs Kräftigs und so san aa bloß die Manna Hund'. »Du weiblicher Hund« oder »du Hündin« sagt koa Mensch.
Schließlich gaab's no die ganz Einmalign, Unübertrefflichn – und die nennt ma dann »Hundshund'«.
So is des mit die Hund' und drum sollt halt a jeds Weibsbild z'friedn sei, wenn's pfeilgrad – an Hund gheirat' hot.

As Hoamatl

Im Summer
nach Amerika,

im Winter
nach Gran Canaria,

Ostern
nach London

und Pfingsten
nach Paris,

und die übrige Zeit
bleibn ma dahoam,

weil da hamma
koan Kies.

Die Hoamat hoaßt:
Schuftn, Probleme, a Gfrett,

und des bissl Freizeit,
des liegn ma im Bett.

Heia Safari

Sehgn S', Herr Zirngiebl,
so konn's geh:
Kimmt doch glatt der Zulubusch
– a Schwarzer aus Afrika –
zu uns auf d'Safari.
Aus Revansch, sagt er,
mit am Lastwagn,
auf den er zur Tarnung
a paar Berg' gmalt hot.
In Dipflwang schiaßt er Laubfrösch',
ziahgt eahna die Haut ab
und macht Kettn draus.
A paar Säu fangt er mit'm Lasso ei
und a Wildsau wünscht si
die vogelwuide Botschaftersfrau.
Foaste Kuahschwänz'
hängt er sich übers Bett
und –
an Teppich macht er aus
am Deitschn Schäferhund.

So konnst scho ogebn
in Owambomari,
heia, heia Safari.

Der Schuh

Übern Münchner Marienplatz hatscht a Penner mit am oanzign Schuah durchn Schnee. »Armer Mo«, sagt a mitleidige Seel, »hast dein zwoatn Schuah valorn?«
»Na«, grinst der ander, »i hob an erschtn gfundn.«

Der Fuaßballer

»Mo«, sagt der Hausarzt, »so könna S' doch nimmer Fuaßball spuin. Si san ja so guat wie blind.«
»Na gut«, sagt der Fuaßballer, »aber dann kunnt i doch wenigstens no ois Schiedsrichter arwatn.«

Der lehrreiche Abend

Die Müllers hatten die Zieglers eingeladen und es war ein sehr langer Abend. Stundenlang waren sie über alle Leute dieser Kleinstadt hergezogen, über die Nachbarn, Viecher und Politiker. Mittlerweile war es Mitternacht.

Beim Verabschieden sagte die Ziegler Regine, die für ihr loses Mundwerk bekannt ist: »I dank eich schee für den lehrreichen Abend.«

»Lehrreich? Aber warum denn lehrreich?«, wunderten sich die Gastgeber.

»Ja mei – i hätt ma nia denkt, dass' Leut gibt, die wo eahnane Gäste an ganzn Abend nix zum Essn und Trinkn hinstelln. Mir waarn ja längst ganga, aber mir ham hoit allweil denkt: Irgendwann kimmt no ebbs.«

»Das ist doch die Höhe!«, ärgerte sich die Hausfrau, nachdem es ihr kurzzeitig die Sprache verschlagen und sie heftig nach Luft gerungen hatte. »Sie hatten immer nur herumgetönt, dass Sie fasten. Wenn ich gewusst hätte, dass Sie sich bei uns den Bauch voll schlagen wollen, hätte ich Sie erst gar nicht eingeladen.«

Der Depp

Kommt einer in die Bank und sagt zu dem Mann am Schalter: »Gib ma an Tausender, du Depp.«
»Was sagen Sie zu mir?« Der Bankangestellte schaut sein Gegenüber zornig an.
Der Kunde: »I hob gsagt, du sollst ma an Tausender gebn, du Depp.«
Da geht der Angestellte zum Herrn Direktor. Der schaut in seinen Computer, sieht den Kontostand von einer Milliarde und herrscht seinen Untergebenen an: »Geben Sie dem Herrn endlich den Tausender, Sie Depp!«

Der Deifi

Der Mandant kommt zum Rechtsanwalt und dieser fragt: »Herr Hirsch, haben Sie dem Meier endlich die Rechnung vorgelegt?«
»Ja«, sagt der andere.
»Nun« – der Rechtsanwalt sieht den Herrn Hirsch interessiert an – »was hat der Meier gesagt?«
»Er hot gsagt, i soll mi zum Deifi schern.«
»Und was haben Sie dann gemacht?«
»I bin zu Eahna kemma.«

Das Steak

»Sie, Herr Ober«, fragt der Gast, »was könna Sie mir zum Steak empfehln?«
Der Ober, ehrlich, wiara is, überlegt net lang: »Gute Zähne.«

No a paar Sprüch' zum Schluss

Je höher oaner
d' Nasn tragt,
desto mehra
regnt's nei.

Net schimpfn,
bloß d' Zunga rausstreckn,
dann spannt koaner,
dassd' stotterst.

Oaner,
der wo sich für die
Freind eisetzt,
hat so lang die Freind,
solang er sich
eisetzt.